Analyse de l'œuvre

Par Lucile Lhoste

L'illusion

Maxime Chattam

Analyse de l'œuvre

Par Lucile Lhoste

L'illusion

Maxime Chattam

lePetitLittéraire.fr

Rendez-vous sur lepetitlitteraire.fr et découvrez :

Plus de 1200 analyses
Claires et synthétiques
Téléchargeables en 30 secondes
À imprimer chez soi

L'ILLUSION

UN JEU DE DUPES AU CŒUR D'UNE STATION DES ALPES

- **Genre :** roman
- **Édition de référence** : *L'illusion*, Paris, France Loisirs, 2020, 464 p.
- **1ʳᵉ édition :** 2020
- **Thématiques :** visions, peur, isolement, magie, psyché humaine, secte

Hugo, en pleine perdition suite à une rupture amoureuse, décide de reprendre pied en acceptant un travail saisonnier dans la station alpine de Val Quarios. Même s'il est bien accueilli par ses collègues, dont la séduisante Lily, il se sent mal à l'aise dans cet endroit inquiétant, dont le propriétaire vit reclus à l'écart des installations. Des visions effrayantes le hantent et une disparition ajoute à sa peur, le poussant à tenter d'élucider le mystère de Val Quarios. Lorsqu'il apprend que le propriétaire des lieux, Lucien Strafa, est un ancien prestidigitateur aux tours incroyables et que des disparitions et suicides émaillent l'histoire de la station, il se persuade que les saisonniers sont menacés et décide de mener l'enquête afin de déterminer qui est derrière tous ces phénomènes.

Dans la lignée des œuvres précédentes de l'auteur, *L'illusion* explore les abysses de l'âme humaine et met en scène des personnages ayant franchi les limites de ce qui est acceptable pour la société. Tout ce que vit Hugo, le protagoniste, participe d'une immense machination destinée à le forger psychologiquement aux vues de ceux qui gèrent Val Quarios. Les hallucinations et moments de lucidité alternent jusqu'à une révélation finale qui a surpris plus d'un lecteur. La critique a longtemps hésité entre roman policier et enquête fantastique pour qualifier ce livre qui oscille constamment entre réalité et évènements impossibles et pourtant inquiétants. L'auteur reconnait d'ailleurs volontiers l'influence de maitres du genre horrifique, dont Stephen King (écrivain américain, né en 1947).

MAXIME CHATTAM

ÉCRIVAIN FRANÇAIS

- **Né en 1976 à Herblay (France)**
- **Quelques-unes de ses œuvres :**
  - *L'Âme du Mal* (2002), roman
  - *Léviatemps* (2010), roman
  - *Que ta volonté soit faite* (2015), roman

Né en 1976 dans le Val-d'Oise d'un père directeur artistique et d'une mère secrétaire de direction, Maxime Drouot se destine d'abord à la comédie et prend des leçons au Cours Simon. Ses voyages, aux États-Unis et en Thaïlande, le poussent à écrire journaux, essais littéraires et même les prémices de son premier roman, *Le Coma des mortels* (finalement publié en 2016). Il reprend ensuite des études en lettres et en criminologie, ce qui lui sert dans une œuvre majoritairement marquée par les enquêtes policières, plus rarement par des nouvelles ou du théâtre. Il épouse en 2012 Faustine Bollaert (journaliste et animatrice française, née en 1979) avec laquelle il a deux enfants.

Si la plupart de ses livres composent des séries dans le genre littéraire du polar (*La trilogie du mal* [2002-2009], *Le cycle de l'homme et de la vérité* [2006-2008], etc.), la série *Autre-Monde* (huit romans entre 2008 et 2018) constitue une exception notable puisqu'elle raconte les aventures d'un groupe d'adolescents dans un monde fantastique. Sa production littéraire se caractérise d'un côté par une plongée dans les méandres les plus sombres de l'esprit humain, mettant régulièrement en scène des psychopathes, des mystères insondables et des enquêtes meurtrières, et de l'autre par une promotion de l'imaginaire. Il est ainsi membre de La Ligue de l'Imaginaire, un collectif d'écrivains français qui défend l'importance du terme dans la littérature et le monde modernes, et pratique le jeu de rôle. Ses livres se sont vendus à des millions d'exemplaires et ont fait de lui un auteur reconnu.

RÉSUMÉ

LA FONDATION DE VAL QUARIOS

En 1978, Éole de Treille, fasciné par le satanisme, décide de fonder une secte secrète afin de s'adonner à son culte en toute tranquillité. Le but est de pouvoir céder aux pulsions les plus sordides (viol, meurtre, etc.) et d'échapper à la société moderne qui, pour lui, enferme les gens dans un carcan qui leur enlève toute liberté de céder à la tentation. Il achète alors la station de ski isolée de Val Quarios. Sous couvert d'en faire une station familiale, il y réunit des couples de connaissances qui partagent ses idées morbides. Pour rassembler plus d'adeptes et de potentielles victimes, ils mettent ensuite en place une gigantesque illusion. Tout débute par la légende de Lucien Strafa. Montée de toutes pièces par le responsable informatique de la station qui, au fil des évolutions d'Internet, crée de fausses photos, de faux articles et de fausses vidéos sur le personnage, elle doit dissuader les arrivants d'approcher du manoir où de Treille passe ses vieux jours. Tous les printemps, avant l'arrivée des saisonniers de l'été, l'équipe parsème les couloirs et les chambres de dispositifs audiovisuels destinés à diffuser des murmures, des cris et à susciter des cauchemars. En plus de cela, ils droguent au LSD la nourriture personnelle que les saisonniers gardent à la cantine, les rendant progressivement fous.

Avec ces multiples manœuvres, au fur et à mesure que le contrat des saisonniers s'écoule, la secte détermine s'ils peuvent basculer au point de pouvoir être recrutés dans la secte. Mais la plupart du temps, les saisonniers ne veulent pas adhérer aux vues du satanisme, ou deviennent eux-mêmes les victimes des pulsions de viol et de meurtre des membres de la secte. Ils sont donc éliminés et passent pour disparus ou suicidés, tandis que l'on dispose de leurs corps quelque part dans Val Quarios. La police finit par s'intéresser à cet enchainement d'évènements tragiques, mais, à chacune de leurs interventions, la secte a pris soin de dissimuler toute trace d'un acte suspect. La secte, qui ne comprenait que quelques membres à l'origine, ne recrute par conséquent que très peu de monde, mais les membres d'origine ont des enfants à leur tour. Elle comprendra jusqu'à une douzaine de membres simultanément jusqu'à l'arrivée dans la boucle d'Hugo, le protagoniste du récit.

LE PARCOURS D'HUGO

Alors que sa petite amie depuis sept ans vient de le quitter, Hugo, comédien et auteur raté, ne sait pas trop par où recommencer sa vie. Alors qu'il raconte ses déboires sur un forum, quelqu'un l'oriente vers une petite annonce d'homme à tout faire dans la station de Val Quarios. N'ayant rien à perdre et désireux de se couper du monde, Hugo postule et est accepté. Il est accueilli par Lily, monitrice de ski, et tombe immédiatement sous son charme. La jeune femme le présente aux autres membres de la station, dont deux seulement ne sont pas de la secte : Alice, responsable du matériel sur le départ, et Jina, décoratrice des chambres. Les débuts d'Hugo dans la station sont tranquilles, mais très vite, il se sent mal à l'aise dans ce décor. Son imagination fertile lui fait entendre des murmures et lui fait faire des cauchemars. Il découvre également des guirlandes de crânes d'animaux, ce qui ajoute à sa peur. Il tente bien d'interroger les uns et les autres, mais n'obtient pas de réponse. Lily, à dessein, lui parle de la légende de Lucien Strafa pour le dissuader de s'approcher du manoir qu'on aperçoit depuis la station. Peine perdue : en cachette de ses collègues, Hugo s'aventure là-bas, mais ne peut qu'apercevoir logiquement le vieil homme qui y habite recevoir ses courses de Simone, l'épicière.

Arrive alors un évènement qui ébranle définitivement ses certitudes sur la sécurité des saisonniers : Alice, qui devait pourtant partir le lendemain, disparait le mardi suivant l'arrivée Hugo. D'après les renseignements du directeur de la station, elle est apparemment partie sans prévenir pour éviter les adieux. Tout le monde est rassuré, mais Hugo, lui, n'est toujours pas convaincu et pense qu'il est arrivé quelque chose à Alice, d'autant plus qu'il découvre son visage hurlant gravé sur un arbre alors qu'il n'y était pas auparavant. Il met Lily et Jina dans la confidence et, ensemble, ils mettent en place des stratégies afin de coincer ceux qu'ils pensent être les meurtriers. Pour tenter d'endormir la méfiance d'Hugo et mieux le manipuler, Lily entame une liaison avec lui en cachette des autres, mais il s'obstine dans ses recherches. Elle décide alors de l'accompagner au manoir de Strafa, où Hugo a une conversation franche avec l'hôte des lieux, mais qui ne lui apprend pas grand-chose. Alors que des orages se déchainent sur Val Quarios, Hugo, toujours persuadé qu'Alice n'a jamais quitté la station, pense pouvoir la trouver dans une zone de sapins où le jardinier lui a interdit d'aller. Avec Lily, ils découvrent effectivement le cadavre d'Alice, mais préfèrent n'en informer personne sur le moment.

L'ILLUSION DÉVOILÉE

Après cette macabre mésaventure, Hugo est plus que jamais déterminé à démasquer le ou les meurtriers. À l'insu de tous les autres, il se rend dans une cabane qu'il vient de découvrir en bordure d'un chemin. Il y découvre des explosifs déclencheurs d'avalanches, ce qu'il savait déjà par l'homme à tout faire, mais surtout un sous-sol où se trouvent la valise et les vêtements d'Alice. À ce moment-là, suite à la tempête précédente, il se retrouve bloqué, un éboulement ayant coupé le seul chemin d'accès à la station. Coincé là et ne pouvant que poursuivre ses plans, Hugo emporte quelques vêtements d'Alice et convainc Jina de les porter afin de susciter l'intérêt du meurtrier, faisant d'elle un appât.

Alors qu'elle a commencé à porter les vêtements d'Alice, Jina cède à la paranoïa et reste enfermée dans sa chambre. Hugo et Lily finissent par s'en inquiéter et quand Hugo découvre la chambre totalement vide, il n'a plus de doute sur ce qui est arrivé. Tandis que Lily part prévenir le direc-teur et qu'une réunion est décidée le soir même, Hugo continue ses investigations, découvre dans le manoir un cadavre momifié qu'il pense être Strafa, et est attaqué par une créature infernale dans la chaufferie. Lorsqu'il se réveille et arrive en retard à la réunion, il comprend qu'ils ne sont pas là pour dévoiler l'un ou l'autre meurtrier, mais pour lui dévoiler l'immense illusion à laquelle il a assisté ces dernières semaines. Si Alice est bien morte, tuée par le mécanicien, Ludovic, il a été manipulé par presque tous les autres, à commencer par Lily qui affirme tenir à lui, mais veut quand même le convaincre d'intégrer la secte. Tous les évènements prennent sens, y compris l'homme momifié qui est le cadavre d'Éole de Treille, constamment embaumé par ses ouailles, et l'individu avec qui Hugo a parlé dans le manoir de Strafa se révèle être un membre de la secte qui lui était encore inconnu. Hugo refuse de rejoindre la secte, poussant ses membres à le capturer et à l'emmener dans la chaufferie, où ils lui donnent un couteau pour qu'il tue Jina qu'ils retiennent également là. Mais il ne peut se résoudre au crime, au grand désappointement de Lily qui voulait le garder auprès d'elle. Les membres de la secte torturent et tuent donc Hugo et Jina, puis font passer le premier pour l'assassin de la seconde en écrivant un faux journal et en alimentant son ordinateur de photos volées de la jeune femme pour faire croire à un acte passionnel. La secte peut ainsi continuer son œuvre et, dès la saison suivante, chercher d'autres proies.

ÉTUDE DES PERSONNAGES

HUGO CHAVAUD

Héros du roman, Hugo a 34 ans et habite en région parisienne. Il est originaire de la Normandie, où sa mère vit encore, mais a gagné la capitale après le lycée en espérant bénéficier de plus d'opportunités professionnelles. Son père, militaire de carrière, les a quittés quand Hugo était bébé. Ce dernier est physiquement peu décrit, en dehors de grains de beauté et d'un sourcil coupé en deux, vestige d'un petit accident de jeunesse. Ses tentatives dans la comédie et l'écriture se sont soldées par des échecs : il a tout juste publié un roman de littérature blanche, qui ne s'est vendu qu'à 300 exemplaires et a conduit les éditeurs à refuser ses œuvres suivantes. Il est célibataire, sa petite amie depuis sept ans venant de le quitter. Il n'a presque pas d'amis, car il a tendance à les considérer comme des satellites gravitant autour de sa personne et ne prend guère soin d'eux.

Hugo a une grande imagination, trouvant régulièrement des formules alambiquées pour décrire ce qu'il se passe et étant prompt à tirer des conclusions. Cette capacité va l'aider à résister étonnamment longtemps au LSD mélangé à sa nourriture, car il va régulièrement excuser ses visions par sa trop grande propension à imaginer n'importe quoi. Il est par contre très déterminé, débrouillard et s'adapte facilement à l'environnement de Val Quarios. Il reconnait même parfois que ce qu'il vit là-bas, en travaillant ou avec Lily, l'éveille à des désirs qu'il avait oubliés. Dans un sens, Hugo fait un bon candidat pour la secte, puisqu'il est capable d'admettre que céder à ses plaisirs lui fait plus de bien que sa vie parisienne. Cependant, contrairement aux membres, il ne veut pas franchir les frontières de la moralité et choisit de ne pas exécuter leurs volontés au sacrifice de sa propre vie.

LILY DEPRIGENT

Lilith « Lily » DePrigent est une jeune femme aux cheveux entre blond et brun, aux yeux bruns et pétillants, avec un tatouage de rosier dans le dos et un air sauvage qui pousse la secte à l'envoyer accueillir Hugo le premier jour, car elle est la plus à même de lui plaire. Elle prétend travailler comme monitrice de ski à Val Quarios depuis trois ans seulement, mais elle y est en réalité née et n'a passé que peu de temps à l'extérieur. Elle a voulu découvrir le monde, mais il était si éloigné des visions que la secte lui avait inculquées qu'elle n'a pas désiré y rester. Ses parents sont le directeur, Philippe DePrigent, et la secrétaire de la station, Adèle Morisse, ce qu'Hugo ne soupçonnera jamais avant qu'elle l'annonce lors de la réunion finale.

Totalement soumise aux préceptes dans lesquels elle baigne depuis son enfance, Lily a fait allégeance à Satan et croit aveuglément que la vie consiste à exprimer ses plus profonds tabous et à transfigurer ses émotions. Comme les autres enfants nés à Val Quarios, elle n'a souffert d'aucun interdit. Ses pratiques sont peu claires, bien que la fin sous-entende qu'elle pratique une forme au moins symbolique de cannibalisme. Étant la seule jeune femme de la secte, c'est elle qui est envoyée pour séduire et endoctriner Hugo plus facilement. Elle semble être aimable, parfois taquine et tient à ses amis. Cela fait partie de son masque, mais il est certain qu'elle a au moins apprécié Alice dont la mort l'a beaucoup choquée. Son éducation l'a rendue manipulatrice, mais il apparait qu'elle avait de véritables sentiments pour Hugo puisqu'elle tenait vraiment à ce qu'il vive avec elle et est la seule à le pleurer après sa disparition.

JINA

Jina est une jolie métisse de la tranche d'âge d'Alice et Lily. Douce et un peu effacée, elle est la décoratrice de la station. Elle est en charge de redécorer les chambres en vue de la saison suivante. Avec Lily, elle est la seule à être mise au courant des plans d'Hugo au fur et à mesure des évènements.

Déjà quelque peu portée sur l'alcool, elle commence à boire de plus en plus et prend de multiples médicaments tant elle est effrayée par la perspective d'être en danger. Bien que terrifiée, elle n'est pas lâche quand il s'agit de potentiellement mettre un terme aux agissements de la secte et c'est même elle qui prend la décision de porter les vêtements d'Alice pour attirer le tueur. Mais ses démons reprennent le dessus. Peu après, elle s'enferme dans sa chambre, au point qu'Hugo ne se rend compte de sa disparition que trop tard. Elle est tuée en même temps qu'Hugo dans la chaufferie. Il est difficile de déterminer si Lily l'appréciait, car elle ne l'a jamais exprimé honnêtement. Quant à Hugo, il se montre à plusieurs reprises sincèrement inquiet de la santé mentale de la jeune femme. Très attirante, elle est prise pour cible par Axel, qui la drague lourdement et prend des dizaines de photos d'elle avant de céder à ses pulsions de torture et de viol.

LA SECTE DE VAL QUARIOS

La secte fondée par Éole de Treille n'a pas de nom à proprement parler : sont principalement connues ses bases historiques et rituelles et ses membres. Elle est dédiée au culte de Lucifer, ou Satan. Elle est bâtie sur la légende d'un faux magicien, Lucien Strafa, dont le nom n'est en fait qu'une anagramme des deux noms de l'ange déchu. À l'origine, elle comptait six personnes : de Treille, Roland Dewitter (l'homme qui prend sa place à sa mort), les parents de Lily, l'épicière Simone et l'homme à tout faire Max. Se sont rajoutés ensuite Armand et Paulo, le plombier/électricien et le chauffagiste, Merlin, l'homme d'entretien, son épouse non nommée, et Joffrin, le mari de Simone. JC, le jardinier et fils de Simone et Joffrin, Ludovic, mécanicien et fils de Merlin, et Lily sont tous les trois nés sur place. Axel, dit Exhell, est la dernière recrue de la secte, entré voilà trois ans, bien qu'il fasse croire à Hugo qu'il n'est là que depuis bien moins de temps.

Leur principal leitmotiv est de s'affranchir de la soumission au monde moderne, comme Lucifer a refusé de se conformer à la volonté de son père. Ils sont ouverts à toutes les expérimentations, tous les plaisirs, toutes les extrémités. Au cours du roman, Ludovic viole et tue Alice, mais ne l'avoue qu'à la fin, tandis qu'Axel fait de même sur Jina après avoir passé les dernières semaines à lui tourner autour. Un autre de leurs rituels consiste à graver sur des arbres en zone reculée de Val Quarios les visages de leurs victimes : l'air quotidien d'un côté, et un visage hurlant de l'autre. Au fil des années et de l'évolution technologique, ils ont mis en place des stratégies poussées pour rendre littéralement fous les saisonniers et évaluer leur capacité à adhérer à leur culte. À partir du moment où il ne devient plus possible de cacher à Hugo ce qu'il se passe, ils décident de le confronter au choix de rester ou de mourir comme s'il s'agissait d'une simple réunion de travail. À leurs yeux, le satanisme est la seule façon de vivre qui prévaut et ils ont renoncé depuis longtemps à vivre ailleurs que dans leur cocon où tout leur est possible. Ce que le commun des mortels appelle « vices » est pour eux une façon de s'élever dans la grandeur, sans se mentir à soi-même, et est la véritable éducation à donner.

CLÉS DE LECTURE

L'INFLUENCE DE *SHINING*

Maxime Chattam assume pleinement les influences de certains de ses ainés, dont notamment Stephen King. *Shining* (roman de 1977, adapté en film en 1980) est cité dans le roman, quand Lily évoque le fait que tous les nouveaux saisonniers y pensent en découvrant la station.

Shining

Shining, l'enfant lumière est sorti en 1977 et a connu un grand succès. Il raconte l'histoire de la famille Torrance : Jack Torrance, le père, engagé comme gardien de l'hôtel Overlook, Wendy, sa femme, et leur fils de six ans Danny. La famille est fragile en raison de l'alcoolisme et des accès de violence de Jack, qui veut néanmoins lutter contre ses démons après la perte de son emploi précédent. Danny, qui possède le don du Shining qui lui confère des pouvoirs de médium et la capacité de voir des évènements passés ou futurs, a des visions du sinistre passé de l'hôtel. De ce dernier, doté d'une sorte de conscience, émane une puissance maléfique qui a une influence croissante sur Jack et réveille ses sombres instincts. Il sombre peu à peu dans la folie et tente de tuer sa famille ainsi que le cuisinier Dick Hallorann, qui partage le don de Danny.

.../...

…/…

Tous trois ne devront leur vie qu'à la chaudière de l'hôtel qui explose en détruisant le lieu et en tuant Jack, toujours à l'intérieur.

Si le livre a eu son succès, l'adaptation en 1980 par Stanley Kubrick (réalisateur américain, 1928-1999) est aujourd'hui devenue culte et l'univers de *Shining* dans son ensemble est régulièrement cité comme un exemple de roman et film d'horreur. Pour Stephen King, cependant, les thèmes principaux restent la désintégration de la famille et l'alcoolisme. Mécontent de l'adaptation de Kubrick pour cette raison, il prend part à la production d'une minisérie de trois épisodes en 1997.

Les bâtiments de Val Quarios vus par le prisme d'Hugo présentent une dimension mystérieuse qui peut en effet rappeler l'Overlook. Le jeune homme s'y perd souvent, en particulier au début, alors qu'il est sûr d'avoir pris le chemin que Lily lui avait indiqué (en recommandant de suivre le couloir central du bâtiment C, où se trouve sa chambre). Étant donné tous les dispositifs mis en place par les membres de la secte, il a également petit à petit l'impression que l'endroit est hanté, qu'il s'y trouve des sons et des gens qui ne devraient pas être là. C'est notamment le cas quand il décide de prendre l'ascenseur pour la seule et unique fois, qu'il s'y retrouve coincé et entend des gémissements enregistrés provenant de sous la cage, puis qu'il retourne dans sa chambre et aperçoit sur sa table les courses qu'il avait laissées dans l'ascenseur à priori fermé. Il soupçonne également la présence d'une tierce personne lorsqu'il aperçoit quelqu'un dans l'un des six chalets de la station, à un moment où les saisonniers sont tous à la cantine sauf Lily et Jina qui sont avec lui. Il ira par la suite vérifier ce chalet pour le découvrir vierge de toute présence humaine.

Restent les illusions induites par le LSD dans la nourriture d'Hugo, terrifiantes autant que momentanées, notamment celle de la créature bestiale qui le poursuit dans le but de le manger. Comme Hugo sera éternellement inconscient de la stratégie précise de la secte – le lecteur lui-même ne bénéficiant des détails qu'après la mort du héros – et qu'il n'apprend sa supercherie que peu avant son trépas, tout ce qui transpire auparavant donne l'impression qu'il devient fou. Comme l'Overlook asseyant son emprise maléfique sur Jack Torrance, Val Quarios semble hanter Hugo petit à petit en lui faisant voir et vivre des expériences horribles. Bien que, dans ce second cas, tout ne participe que d'une illusion, la parenté entre les deux lieux est clairement assumée. Un endroit supposément hanté, des morts émaillant son histoire, la santé mentale d'un protagoniste qui vacille au fur et à mesure du séjour... En poussant plus loin, on peut même noter la présence du thème de l'alcoolisme chez Jina, qui tente de résister à sa peur en buvant, et de l'isolement familial chez Hugo. La famille Torrance, déjà fragilisée, se désintègre définitivement dans l'Overlook. Hugo, lui, est déjà isolé : famille brisée quand il était petit, très peu d'amis, solitude affective... La seule famille qui semble solide est celle des saisonniers, soit in fine la secte elle-même, qui recèle bien plus de liens intrafamiliaux qu'il y parait. Mais dans la mesure où ces familles se sont apparemment construites à Val Quarios – Lily et JC y sont nés, Ludovic potentiellement aussi –, leur base est viciée par rapport aux fondamentaux de la société. Elles ne vivent qu'autour de l'illusion de Val Quarios et ne souffrent d'aucun interdit. Cela peut sembler être un socle solide, puisqu'ils doivent fonctionner en adéquation les uns avec les autres pour que ce modèle subsiste. Cela donne néanmoins également un cocktail explosif susceptible de prendre l'eau à n'importe quel moment, soit parce qu'un membre peut découvrir la société extérieure et s'y acclimater – ce que Lily tentera par exemple, sans succès –, soit parce que les pulsions des individus sont susceptibles de se manifester au mépris de l'intérêt collectif. Ce sera le cas lors du décès d'Alice : son meurtre par Ludovic crée une mésentente profonde avec Lily, qui n'est d'ailleurs toujours pas dissipée au terme du roman.

LE SATANISME

Le satanisme peut être défini simplement comme un culte rendu à Satan, et plus largement comme une philosophie religieuse qui prône l'importance de la liberté et de l'obéissance à son libre arbitre, ce que la secte de Val Quarios va plus qu'illégalement pratiquer. La conception que l'on en a aujourd'hui découle de doctrines païennes qui ont évolué en même temps que l'idée du personnage de Satan. Ce dernier n'est en effet désigné comme nom propre que sous l'impulsion de sectes juives ; auparavant, il ne se retrouve dans la Bible qu'en nom commun (le latin

« satan » signifiant « adversaire »). Dans le christianisme, il devient celui qui a apporté le mal et la souffrance sur Terre, alors que Jésus est celui qui vient en délivrer les hommes et racheter leurs péchés. Ce n'est que bien plus tard, à la fin du Moyen Âge, que le personnage évolue en une personnification de la révolte face aux interdits de la société, l'idée principale étant qu'il représente une conscience libre de toute règle morale. Alors que le Diable faisait peur, il fascine désormais et trouve sa place dans la littérature romantique. Il y est soit un chantre de la liberté et de l'affranchissement de la condition humaine, soit un concentré des sentiments noirs de l'homme.

Le satanisme tel qu'il prend forme aujourd'hui s'appuie sur des pensées contemporaines selon lesquelles l'homme est son propre dieu et obéit à sa propre loi. L'individu est ainsi incité à se dépasser dans le sens où il doit pouvoir se défaire du carcan de la société et aller au-delà, pour réaliser ses propres envies. C'est une doctrine qui bénéficie généralement toujours d'une mauvaise image, certains groupes reposant véritablement sur des pratiques déviant de la loi et usant de l'emprise mentale des anciens sur les nouveaux adeptes. Si des organisations passent sous les radars, des sectes reconnues n'échappent pas aux critiques, mais sans pour autant faiblir. C'est le cas par exemple de l'Église de Satan, pourtant l'un des plus grands groupes satanistes des États-Unis, fondée par Anton LaVey (1930-1997), théoricien contemporain du satanisme.

Le satanisme pratiqué par la secte de Val Quarios repose sur cette glorification de la liberté et de l'individu.

Comme Lily l'explique à Hugo dans son long argumentaire pour tenter de le convaincre de rentrer dans la secte, JC, Ludovic et elle ont reçu ce qu'elle appelle une éducation vraie, libre de tout interdit. La secte en elle-même est fondée sur ce que ses premiers membres ont vécu dans les années 1960, quand tous les possibles étaient permis. À partir de là, le culte de Satan leur est devenu logique, puisqu'il est pour eux parfaitement naturel de céder à ses tentations et de profiter de ses possibilités, tandis que Dieu est symbole à leur sens d'asservissement. Le choix qu'ils imposent à Hugo est clair : rester un mouton dans la masse sans passion, ou transgresser ses tabous et se transfigurer. Les péchés constituent leur essence et l'ultime acte de liberté consiste à prendre la vie d'une autre personne : pour Hugo, ce test consistera à tuer Jina. Pourtant, à bien lire Lily, leur secte ne repose pas nécessairement sur une croyance en Satan. Il n'est qu'un symbole et, si croire en lui est une option, ce sont sa philosophie et ses rites qui importent.

S'il est possible de pratiquer le satanisme de manière inoffensive, la secte de Val Quarios est très loin de ces considérations. Même le plan de la station est calqué sur une étoile satanique. La secte a pris la satisfaction des désirs de chacun au pied de la lettre, quel qu'en soit le prix : elle manipule, tue, viole humains comme animaux – DePrigent le sous-entend lorsqu'il tente de convaincre Hugo – et a tout juste établi quelques règles collectives pour garder la secte secrète. Les actes individuels sont possibles, mais lorsqu'il s'agit de tester la fidélité d'Hugo s'organise un véritable rituel. Il est placé au milieu d'un pentagramme, avec Jina, tandis que les treize membres de la secte habillés de toges rouges forment un cercle autour d'eux en récitant une prière à la gloire de Lucifer. Étymologiquement, il est le porteur de lumière, cette lumière qui les guide jusqu'à leur épanouissement personnel. Ils torturent, tuent, boivent le sang de leurs victimes et mangent leurs âmes – même si, paradoxalement, on pourrait dire qu'ils ont perdu la leur.

LA GIGANTESQUE ILLUSION DE VAL QUARIOS

Tout le mode de fonctionnement de la secte serait impossible sans cette illusion extrêmement élaborée qu'est Val Quarios. Le prologue est d'ailleurs déjà pensé de manière à perdre un lecteur : il est difficile de comprendre le rapport avec le début de l'histoire. Quel lien peut-il en effet y avoir entre un saisonnier dans une station de ski et un magicien dont les tours effraient plus qu'ils n'émerveillent ? La réponse semble venir quand Lily apprend à Hugo que Lucien Strafa, le propriétaire de Val Quarios, vit dans le manoir qu'il observe. Mais ce n'est là qu'une autre façon de perdre le lecteur sans en avoir l'air puisque les évènements du premier chapitre n'ont, en réalité, jamais eu lieu. La rencontre avec Strafa, dans le manoir, est, elle aussi, un coup monté puisque c'est Dewitter qui parle à Hugo à ce moment-là. Mais sans avoir eu vent de l'existence de ce tiers personnage – l'existence de Dewitter ne devenant évidente que peu avant la révélation finale – et sans avoir eu le moindre soupçon sur l'illusion Strafa, il est difficile de se défaire de l'impression qu'il y a une part de vrai dans ce que l'auteur veut bien montrer sur le moment.

Les hallucinations d'Hugo tendent elles aussi à brouiller les frontières entre le réel et l'irréel. S'il est fréquent de le voir imaginer des scénarios macabres sur quelques lignes, il arrive plus rarement que cela prenne des proportions beaucoup plus importantes lorsqu'il est influencé par la drogue et les enceintes sonores. Deux exemples marquants émaillent le roman :

- Quand Hugo va à la piscine seul, il n'est déjà pas très à l'aise, mais croit en plus apercevoir une créature plongeant à sa poursuite. Il nage en furie, s'échappe tant bien que mal... pour se retourner ensuite et se rendre compte qu'il n'y a pas âme qui vive autre que lui. Le même scénario se reproduit dans la chaufferie au terme du récit, avant la réunion ;

- Après une fin de journée qui ne semble pas particulièrement traumatisante pour lui, Hugo se réveille le lendemain et constate lorsqu'il rejoint les autres qu'ils sont tous sous le choc de quelque chose. Il se précipite dans la chambre de Lily et l'aperçoit morte sur son lit, ses deux yeux fichés dans le mur au-dessus d'elle, comme ses yeux à lui sont percés sur une photo dans le manoir de Strafa. Cette partie semble tout à fait réelle et pourtant, dans le chapitre suivant, Hugo se réveille sur une matinée normale et constate que ce qu'il vient de vivre n'était qu'un horrible cauchemar.

Pour préserver son secret, la secte cache l'hiver les multiples dispositifs et la drogue qu'elle utilise l'été pour tester ses potentiels futurs adeptes. Même Hugo, pourtant déterminé dans son enquête, mettra des semaines à ne découvrir qu'un pan de la vérité. Il ne saura jamais pour la majeure partie des objets technologiques cachés dans la station pour diffuser les bruits et les cris, tout comme pour la drogue dans sa nourriture. Ce n'est que quand il ne sent plus l'araignée en lui – ainsi appelle-t-il la part sombre de lui-même qui croyait à l'illusion et pouvait encore faire allégeance à Satan – que l'irréel se dissipe définitivement et qu'il sait qu'il va mourir. Comme le lecteur vit toute l'aventure par le biais d'Hugo, lui aussi est pris au piège de l'illusion et ne peut qu'à grand renfort d'explications se libérer des derniers mystères qu'elle recèle encore.

PISTES DE RÉFLEXION

QUELQUES QUESTIONS POUR APPROFONDIR SA RÉFLEXION...

- Comment expliquer que l'éducation de Lily ait permis que sa duplicité passe à ce point inaperçue auprès d'Hugo ?

- Lors de la révélation finale, Lily explique que leur secte ne peut préserver son secret qu'au prix de l'imposition de quelques limites. Mais sont-elles, à votre avis, réellement tenables étant donné la philosophie de vie de la secte ?

- Le satanisme pratiqué par la secte de Val Quarios repose sur l'idée de transfigurer tous ses tabous et désirs. Selon vous, cette idée serait-elle possible sans porter atteinte à autrui ?

- L'influence de *Shining* de Stephen King sur Maxime Chattam est clairement assumée. Comment cela se manifeste-t-il sur le plan géographique ? Quelle(s) comparaison(s) peut-on établir entre l'Overlook et Val Quarios ?

- Les méthodes de recrutement de la secte sont modernes, passant par des forums sous couvert de recruter des saisonniers. L'organisation existe cependant depuis 1978. Par quelles méthodes, réellement usitées par les satanistes, pouvaient-elles recruter auparavant ?

- Comment la secte s'y prend-elle pour faire vaciller la santé mentale de ses victimes ? Pour vous, une telle méthode peut-elle réellement leur garantir de recruter qui que ce soit aujourd'hui ?

- Le roman est structuré de telle manière que le lecteur est aussi perdu qu'Hugo quant aux évènements auxquels il fait face. Comment le prologue, le seul élément que le lecteur a d'avance, permet-il de brouiller davantage sa perception des choses ?

- L'illusion gigantesque qu'est Val Quarios est régulièrement renforcée par les hallucinations d'Hugo et sa propension à imaginer le pire. En quoi peut-on dire que ce trait de sa personnalité est à la fois sa plus grande faiblesse et sa plus grande force ?

POUR ALLER PLUS LOIN

ÉDITION DE RÉFÉRENCE

- Chattam M., *L'illusion*, Paris, France Loisirs, 2020

SOURCES COMPLÉMENTAIRES

- King S., *Shining*, Paris, France Loisirs, 2014

Votre avis nous intéresse !
Laissez un commentaire sur le site de votre librairie en ligne
et partagez vos coups de cœur sur les réseaux sociaux !

lePetitLittéraire.fr

- un résumé complet de l'intrigue ;
- une étude des personnages principaux ;
- une analyse des thématiques principales ;
- une dizaine de pistes de réflexion.

Retrouvez
notre offre complète sur
lePetitLittéraire.fr

ISBN version numérique : 9782808023733
ISBN version papier : 9782808023740
Dépôt légal : D/2021/12603/26

Conception numérique : Primento,
le partenaire numérique des éditeurs.